My GRANDMA'S TALES

Морозко

Русская народная сказка
Иллюстрации Светланы Багдасарян

Жили-были мужик да баба. У мужика своя дочка - у бабы своя. Свою дочку баба нежила, голубила, а старикову дочку невзлюбила, всю работу на нее взвалила, за все ее ругала, бранила, досыта не кормила.

Девушка ни от какой работы не отказывается, что велят делать, все сделает, лучше и не надо. Люди на нее смотрят – нахвалиться не могут. А о бабиной дочке только и говорят:

- Вон она, неткаха-непряха. Вон она, ленивица-бездельница!

Баба от того еще злее да ворчливее становилась. Поедом ела девушку. Только и думала – как бы ее совсем погубить.

Вот раз поехал старик в город на базар. А лихая баба со своей дочкой сговариваются:

- Тут-то мы ее ненавистную и сживем со свету!

Кликнула баба девушку и приказывает:

- Ступай-ка ты в лес за хворостом!

- Да у нас и без того много хворосту, - отвечает девушка.

Закричала злая баба, затопала ногами, накинулась вместе со своей дочкой на девушку и вытолкали ее вон из избы.

Видит девушка: делать нечего; пошла она в лес. А мороз – так и трещит, а ветер - так и воет, а метель – так и метет...

Баба со своей дочкой по теплой избе похаживают, одна другой говорит:

- Не вернется постылая назад. Замерзнет в лесу!

А девушка зашла в лес, остановилась под густой елкой и не знает – куда дальше идти, что делать...

Вдруг послышался шум да треск: скачет Морозко по ельничку, скачет Морозко по березнячку, с дерева на дерево поскакивает, похрустывает да пощелкивает. Спустился с елки и говорит:

– Здравствуй, красна девица! Зачем ты в такую стужу ко мне в лес забрела?

Выслушал ее Морозко и говорит:

– Нет, красна девица, не за хворостом тебя сюда прислали. Ну, уж коли пришла в мой лес, покажи-ка мне, какова ты мастерица!

Подал ей кудели да прялку и приказал:

- Напряди ты из этой кудели ниток. Вытки холст, а из холста мне рубаху сшей!

Сказал это Морозко, а сам ушел. Не стала девушка раздумывать, сразу за работу принялась.

Застынут у нее пальцы, - она подышит на них, отогреет и опять знай работает. Так всю ночь и не разгибалась. Об одном только думала – как бы лучше рубаху сшить.

Утром возле елки снова шум да треск послышался: Морозко пришел. Взглянул он на рубаху, похвалил:

- Ну, красна девица, хорошо ты работала!

Вынес тут Морозко большой кованый сундук, поставил перед девушкой и говорит:

- Какова работа, такова и награда!

После того одел он девушку в теплую шубку, повязал платком узорным и вывел на дорогу:

- Прощай, красна девица! Здесь уж тебе добрые люди помогут, до дому проводят.

Сказал и исчез, как будто и не бывало его.

А в это время старик домой вернулся.

- Где моя дочка? – спрашивает.

- Она еще вчера в лес за хворостом ушла, да вот не вернулась.

Встревожился старик, не стал распрягать лошадь, поехал скорее в лес. Глядит – возле дороги его дочка стоит, нарядная и веселая.

Усадил старик ее в сани, Морозкин сундук с подарками туда же взвалил и повез домой.

А злая баба с дочкой за столом сидят, пироги едят и так и говорят:

- Ну, живая она домой не вернется! Одни косточки старик привезет!

А собачка возле печки потявкивает:

- Тяф, тяф, тяф! Старикова дочка дорогие подарки везет! А старухину дочку никто замуж не возьмет!

Баба и пирожки собаке бросала, и кочергой ее била.

- Замолчи, негодная! Скажи лучше: «Старухину дочку замуж возьмут, а старикову дочку никогда не найдут!»

А собачка знай свое твердит:

- Старикова дочка дорогие подарки везет! А старухину дочку никто замуж не возьмет!

Тут ворота заскрипели, дверь в избу отворилась, и вошла девушка, нарядная да румяная, а за ней люди большой сундук внесли, весь морозными узорами изукрашенный. Кинулась баба со своей дочкой к сундуку, стали наряды вытаскивать, разглядывать, на лавки раскладывать, стали выспрашивать:

- От кого такой богатый подарок получила?

Как узнала баба, что Морозко девушку наградил, забегала по избе, закутала потеплее свою дочку, сунула ей в руки узелок с пирожками и велела старику везти ее в лес:

- Она два таких сундука притащит!

Привез старик бабину дочку в лес, оставил под высокой елью. Стоит она, по сторонам озирается, ежится да бранится:

- Что это Морозко так долго не идет? Куда он, такой-сякой, запропастился?

Тут послышался шум да треск: скачет Морозко по ельничку, скачет Морозко по березнячку, с дерева на дерево поскакивает, похрустывает да пощелкивает. Спустился с елки и спрашивает:

- Зачем пришла ко мне, красна девица?
- Или сам не знаешь? За дорогими подарками пришла!

Усмехнулся Морозко и молвил:

- Покажи-ка сначала, какова ты мастерица – свяжи мне руковицы!

Подал ей спицы да шерсти клубок, а сам ушел.

Бабина дочка спицы в снег кинула, клубок ногой отбросила:

- Ишь, что придумал, старый? Где это видано, где это слыхано, чтоб в такую стужу вязать? Этак и пальцы отморозишь!

Поутру затрещало, захрустело, - Морозко пришел:

- Ну, красна девица, покажи, как ты мою работу справила?

Накинулась на него бабина дочка:

- Какая тебе, старый дурень, работа? Или ослеп, не видишь: иззябла я тут, тебя дожидаючись, чуть жива!..

- Ну, какова работа, такова и награда будет! – молвил Морозко.

Тряхнул он бородой – и поднялась тут вьюга, да метель, - все тропки, все дороги замело. А Морозко исчез, будто его и не бывало.

Побрела бабина дочка без пути, без дороги и зашла в глубокий овраг. Там ее и завалило снегом...

Поутру старуха чуть свет растолкала старика, разбудила, приказала за своей дочкой в лес отправляться. А сама принялась пироги печь.

Собачка под лавкой сидит, потяфкивает:

- Тяф, тяф, тяф! Старухина дочка из лесу не придет!

Баба собачке и пироги бросала, и кочергой больно колотила:

- Замолчи, негодная! Ешь пирог да не говори так! Скажи лучше: «Старухина дочка дорогие подарки привезет. А старикова дочка жениха не найдет!».

Собачка пирог съест и опять свое:

- Тяф, тяф, тяф! Старикова дочка замуж пойдет, а бабина дочка из лесу не придет!

Всполошилась баба:

«Кабы и вправду чего худого с моей дочкой не случилось! Кабы в пути дорогие подарки не растеряли! Побегу-ка я вслед за стариком!»

Накинула она шубу и побежала к лесу. А метель еще пуще воет, еще пуще крутит. Совсем дорогу замело...

Сбилась злая баба с пути, и завалило ее снегом...

Старик поискал-поискал бабину дочку в лесу, да не нашел. Вернулся домой – и бабы нет. Собрал он соседей. Принялись все бабу и ее дочку искать. Искали, искали, все сугробы перерыли, да так и не нашли их.

И стал старик жить вдвоем со своей дочкой. А как пришла весна, - посватался к ней добрый молодец – из кузницы кузнец.

Сыграли они веселую свадьбу и стали жить в любви да согласии. И сейчас живут.

Printed in Poland
by Amazon Fulfillment
Poland Sp. z o.o., Wrocław